KB035850

꼬마 용 룸피룸피

램프의 요정을 만나다!

SEOUL, 2012

꼬마 용 룸피룸피 램프의 요정을 만나다!

초판 제1쇄 발행일 2012년 1월 20일
초판 제32쇄 발행일 2022년 3월 20일
글 실비아 론칼리아 그림 로베르토 루치아니 옮김 이현경
발행인 박헌용, 윤호권 발행처 (주)시공사
주소 서울시 성동구 상원1길 22, 6-8층 (우편번호 04779)
대표전화 02-3486-6877 팩스(주문) 02-585-1247
홈페이지 www.sigongsa.com/www.sigongjunior.com

ISBN 978-89-527-8699-9 74880
ISBN 978-89-527-5579-7 (세트)

*시공사는 시공간을 넘는 무한한 콘텐츠 세상을 만듭니다.
*시공사는 더 나은 내일을 함께 만들 여러분의 소중한 의견을 기다립니다.
*잘못 만들어진 책은 구입하신 곳에서 바꾸어 드립니다.

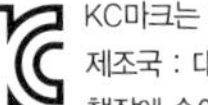

KC마크는 이 제품이 공통안전기준에 적합하였음을 의미합니다.
제조국 : 대한민국 사용 연령 : 8세 이상
책장에 손이 베이지 않게, 모서리에 다치지 않게 주의하세요.

실비아 론칼리아 글
로베르토 루치아니 그림
이현경 옮김

램프의 요정을 만나다!

시공주니어

– 룸피룸피와 함께 태어난
꼬마 아니타와 엄마 아를레테에게

신분증

이름 룸피룸피

별명 개인용 용

종류 상상 친구

사는 곳 잠피의 방

국적 환상 세계

색깔

특징

→ 차가운 불을 뿜는다.

→ 도넛 모양 콧김을 뿜는다.

행복할 때

기분이 나쁠 때

슬플 때

겁이 날 때

즐거울 때

화났을 때

잠피가 큰 말썽을 부린 날, 그 일이 일어났다. 바로 그날, 아니 정확히 말하자면 그날 밤에 룸피룸피가 처음으로 자기를 소개했다. 더 정확히 말하자면 그때는 이름이 없었기 때문에 자기가 '룸피룸피'라고 말한 것은 아니다.

둘이 처음 눈이 마주쳤을 때 잠피가 말했다.

 "만나서 반가워, 난 잠피야!"

꼬마 용이 대답했다.

 "나도 반가워. 난 용이야!"

 "정말이야? 정말 용이라고? 나는 날마다 용과 친구가 되는 상상을 했는데!"

 "그래! 내가 용이 아니면 뭐겠어?"

잠피가 호기심 어린 눈으로 꼬마 용을 보며 물었다.

 "그럼 네 이름은 뭐야?"

 "나한테 어떻게 이름이 있겠어? 난 네 상상 친구야. 날 상상해 낸 건 너잖아. 그러니까 내

이름도 네가 지어 줘야지."

그렇다. 꼬마 용은 정말 잠피가 늘 상상하던 모습 그대로였다. 꼬마 용은 어두운 파란색에 눈이 아주 크고, 비늘에 덮인 지느러미와 꼬리가 초록빛이 도는 하늘색으로 빛났다. 노란 발톱은 마음대로 숨겼다 드러냈다 할 수 있었다. 말을 할 때 콧구멍에서 뿜어져 나오는 작은 불꽃들은 꼭 크리스마스트리에 달린 꼬마전구 같았다.

잠피는 이런 용과 친구가 되는 꿈을 수없이 꿨지만, 지금까지 지느러미에 비늘까지 달린 용이 진짜로 나타난 적은 없었다.

하지만 잠피는 별로 놀라지 않았다. 굉장히 자주 용에 대해 생각했기 때문에 이미

오래전부터 용과 아는 사이 같은 생각이 들었다. 엄마 아빠도 잠피의 상상 친구가 용이라는 것을 알고 있었다. 아빠는 잠피가 상상 속 친구인 용과 이야기하고 노는 것을 볼 때면 이렇게 놀리곤 했다.

"아빠한테는 개인용 컴퓨터가 있고, 잠피한테는 개인용 용이 있네!"

그래서 잠피는 꼬마 용을 기꺼이 친구로 받아들였다.

 "여기 앉아. 오렌지 주스 마실래?"

잠피가 알기로, 용들은 오렌지 주스를 굉장히 좋아한다. 용들은 늘 목이 말라서 고생하는데 오렌지 주스가 갈증을 조금 덜어 주기 때문이다.

 "나야 정말 고맙지!"

꼬마 용은 컵에 가득 든 오렌지 주스를 빨대로 마셨다.

잠피가 물었다.

 "그런데 여긴 어떻게 온 거야?"

꼬마 용이 작은 불길을 내뿜으며 말했다.

 "네가 나를 간절히 생각했잖아."

잠피가 그 이유를 말해 주었다.

 "난 정말 슬펐거든."

 "나도 알아. 네가 말썽을 부려서 엄마를 화나게 했잖아. 그래서 지금 벌받고 있는 중이지? 엄마가 잠들기 전에 동화도 안 읽어 주신댔고."

잠피가 아무 말 없이 고개를 끄덕였다.

그날 저녁, 잠피는 올리브기름 병을 식탁으로 가져가다가 발을 헛디뎠다. 잠피는 넘어지고, 병은 깨지고, 올리브기름은 거실에 깔려 있는 아름다운 양탄자에 다 쏟아져 버렸다. 매듭을 꼰 모양을 보니 한눈에도 아주 오래된 양탄자라는 걸 알 수 있었다.

꼬마 용이 자신 있게 말했다.

 "누구나 넘어질 수 있어! 나도 내 꼬리에 걸려서 자주 넘어져. 그건 '사고'라고 하는 거야."

 “네가 잘못해서 벌어진 일이 아니면 사고겠지. 하지만 운동화 끈을 잘 매지 않아서 일어난 일이면, 더구나 늘 끈을 잘 매라는 이야기를 들었는데도 그랬다면, 그건…….”

잠피는 여기서 말을 멈추었다. 그리고 엄마가 몹시 화를 내고 난 뒤에 아빠가 잠피에게 한 어려운 말을 생각해 내려 했다.

꼬마 용이 조그맣게 말했다.

 “네 ‘책임’이겠지……. 어쨌든 이제 그 생각은 그만하고 내 이름이나 지어 줘. 네 이름처럼 두 개로!”

룸피룸피가 그렇게 말한 건, 잠피의 원래 이름이 잔 피에로이기 때문이다. 부를 때는 짧게 줄여서 잠피라고 하고, 쓸 때는 두 이름 사이를 띄고 첫 글자를 대문자로 써야 한다.

"룸피룸피……. 그래, 널 룸피룸피라고 부를래. 마음에 드니?"

"나쁘지는 않아. 그런데 넌 게으른 어린이구나!"

"왜?"

"다른 이름을 생각해 보려고 노력하지도 않고 처음에 생각난 이름을 되풀이했잖아. 이것도 이름이 두 개라고 할 수 있는지 잘 모르겠다."

잠피가 자신 있게 말했다.

"아니, 똑같은 이름이라도 두 번 되풀이하면 이름이 두 개인 거야. 내 말 믿어, 틀림없어!"

그 순간 왜 '룸피룸피'라는 이름이 떠올랐는지는 알

수 없지만, 잠피는 이 이름이 굉장히 마음에 들었다. 무슨 일이 있어도 다른 이름으로 바꾸고 싶지 않았다. 그래서 딱 잘라 말했다.

 "어쨌든 넌 내 상상 친구니까 내 결정에

따라야 해!”

그러자 금세 룸피룸피의 코에서 도넛 모양의 회색 콧김이 나오기 시작했다. 진정한 용 전문가가 모두 알다시피 이것은 바로 용의 기분이 나쁘다는 신호다.

“널 화나게 할 생각은 아니었어.”

잠피가 좀 전보다 훨씬 부드러운 목소리로 말했다.

“그냥 그렇다는 거지. 넌 내 상상 친구고, 개인용 용이니까……. 간단히 말하자면 나만의 용이라는 말이야. 네가 기분 나빠하지 않았으면 좋겠다!”

룸피룸피가 한숨을 쉬었다.

“알았어, 대장! 솔직히 말하면 이름이 마음에 안 드는 건 아니야. 룸피룸피, 좋아! 그리고 네가 날

위로할 필요는 없어. 내가 널 위로하러 왔는걸!"

"정말이야?"

"그럼! 네가 말썽을 좀 부렸다고 해서 너 자신에게 화를 내면 안 돼. 난 너보다 더 어리숙하고 너보다 더 많이 말썽을 부린다니까!"

"설마!"

"진짜야, 맹세해!"

잠피는 어리숙한 용은 상상해 본 적이 없었다. 오히려 잠피는 작은 영웅, 모험 길에서 어려운 일에 부딪혔을 때 자신을 구해 줄 멋진 동물, 강하고 영리하고 마법 같은 힘을 지닌 작은 용을 꿈꿔 왔다.

"믿을 수가 없어. 날 위로하려고 일부러 그렇게 말하는 거야, 맞지!"

잠피가 다시 말했다.

"자, 빨리 날 네 등에 태워 줘. 그리고 새로운 모험을 하러 떠나자!"

"널 어디로 데려가 줬으면 좋겠는데?"

"아빠가 오래된 양탄자를 샀던 사막이 있는 곳으로. 그곳에서라면 양탄자를 새로 살 수 있을 거야. 그렇지만 과거로 가야 할 것 같아. 과거에는 오래된 양탄자가 아직 새것이었을 테니까 값도 쌌을 거야. 그러면 내가 저금통에 모아 둔 돈으로도 살 수 있겠지."

그렇게 해서 잠피와 룸피룸피는 모로코(아프리카 대륙 북서쪽 사막에 있는 나라 : 옮긴이)에 가기로 했다.

하늘로 날아오르기 전, 잠피는 저금통을 털어서 그 돈을 주머니에 넣었다. 그런 다음 룸피룸피의 등에 베개를 얹고 커튼 묶는 끈으로 묶었다.

사실 용의 등은 비늘이 너무 딱딱하고 거칠어서 앉기 불편한데, 잠피는 즉석에서 만든 부드러운 이 안장 덕분에 편안하게 여행을 할 수 있게 되었다.

그런데 문제는 사막에 도착했을 때 생겼다. 룸피룸피가 계속 재채기를 했기 때문이다. 재채기를 할 때마다 룸피룸피의 몸이 위아래로 흔들리고, 불꽃과 불길이 불꽃놀이처럼 솟아 나왔다. 잠피는 엄마의 새끼주머니 속에 들어 있는 아기 캥거루처럼 위아래로 출렁거렸다.

잠피가 소리쳤다.

"그만해, 제발. 토할 것 같아. 뱃멀미하는 것 같아!"

"어쩔 수 없어, 대장. 너도 알겠지만 난 먼지 알레르기가 있어. 그런데 이 사막은 먼지투성이야!"

"이건 먼지가 아니라 모래야!"

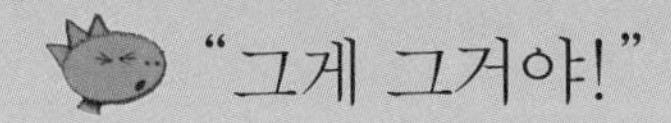

"그게 그거야!"

잠피는 용에게 알레르기가 있을 거라는 생각은 해 본 적도 없었다. 사실 잠피도 봄이면 꽃가루 때문에 목감기로 고생하곤 한다. 그럴 때면 별로 맛이 없는 약을 목에 뿌려야만 한다. 마침 다행히도 잠피의 주머니에 목에 뿌리는 작은 약 한 병이 들어 있었다!

"운이 좋구나, 룸피룸피. 입 벌려 봐!"

잠피가 룸피룸피의 목 안에 약을 뿌려 주었다.

"와, 고마워. 정말 목에 불이 붙은 줄 알았어!"

"그건 용에게는 흔한 일 같은데!"

"흔한 일이긴 하지. 그래도 늘 괴롭다고!"

"불평하지 마! 넌 내 덕에 차가운 불을 내뿜게 됐잖아!"

맞는 말이었다. 잠피는 상상 친구와 놀 때 위험하지 않도록 차가운 불을 뿜는 파란색 용을 상상했다.

룸피룸피가 투덜거렸다.

"그건 너한테만 좋은 거잖아, 대장. 네가 불에 데지 않을 테니까. 하지만 나는 차가운 불 때문에 늘 감기로 고생한다고!"

"그러면 먼지 때문에 재채기를 하는 게

아니잖아?"

"먼지 때문에 감기가 더 심해진 거지, 당연히!"

잠피가 실망해서 말했다.

"그러니까 넌 허약한 용이구나."

잠피가 별로 좋아하지 않는 코라 아주머니도 실망스러운 말투로 잠피네 엄마에게 바로 이렇게 말했었다.

"라라, 네 아들은 허약한 아이야!"

콧김 신호가 나타났다. 룸피룸피는 도넛 같은 회색 콧김을 하나둘 뿜어냈다. 기분이 나쁘다는 뜻이다.

"허약한 용아, 난 널 좋아해!"

잠피가 서둘러 룸피룸피를 안심시킨 뒤, 룸피룸피를 긁어 주기 시작했다. 엄마가 잠피에게 해 주듯이, 머리와 목 사이를 손가락 끝으로 문질러 준 것이다.

엄마가 이렇게 긁어 줄 때면 잠피는 가르랑거리는

고양이처럼 마음이 편안하고 기분이 좋아진다.

용 전문가들이 알다시피, 용도 고양이처럼 아주 예민하기 때문에 이렇게 긁어 주는 것은 용을 차분하게 하는 효과가 있다. 룸피룸피는 분홍색 콧김을 서너 번 뿜었다. 이건 고양이가 가르랑거릴 때처럼 행복하다는 뜻이다.

그런데 룸피룸피의 머리에 비늘이 끔찍할 정도로 많아서 잠피는 손가락이 다 까졌다. 용의 머리는 긁어 주기에 적당하지 않았다.

어쨌든 둘은 사막에 도착했고, 목에 뿌린 약 덕분에 룸피룸피의 재채기도 멎었다.

"저기 좀 봐! 카라반(사막이나 초원에서 낙타에 짐을 싣고 먼 곳으로 물건을 팔러 다니는 상인 집단 : 옮긴이) 행렬이야!"

룸피룸피는 잠피에게, 용의 눈은 크기만 한 게 아니라 시력도 아주 좋아서 망원경 역할을 한다고 알려 주었다.

잠피가 물었다.

"난 모래 구름밖에 안 보이는데. 너는 뭐가 보이니?"

"머리에 파란 터번을 쓴 남자들이 보여. 등에 혹이 난 동물을 타고 오는데? 터번이 열 개니까 사람 열 명에 혹 열 개야."

영화에서 이런 장면을 본 적이 있는 잠피가 룸피룸피에게 설명했다.

"투아레그 족(사하라 사막에서 가축을 기르고 물을 찾아 옮겨 다니며 살아가는 민족 : 옮긴이)이야. 사막에 사는 사람들인데 파란 옷을 입고 혹이 하나 있는 낙타를 타고 다니지."

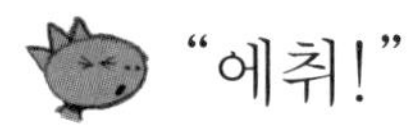
"에취!"

한번 재채기를 시작한 꼬마용이 연달아 재채기를 해댔다.

"에취, 에취, 에취이!"

잠피가 걱정을 했다.

"왜 그래?"

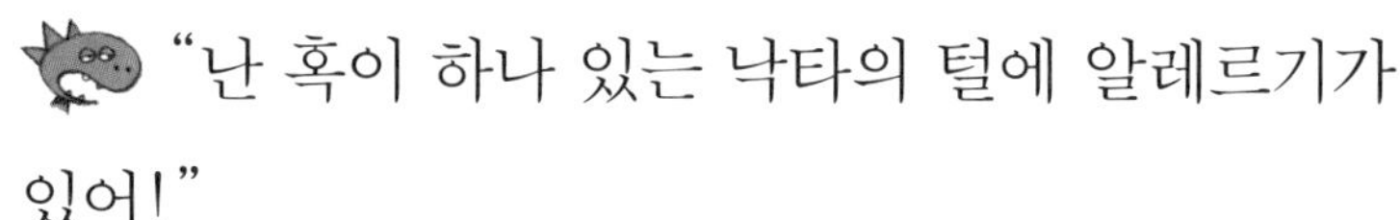
"난 혹이 하나 있는 낙타의 털에 알레르기가 있어!"

"그렇지만 넌 혹이 달린 동물 이름이 뭔지도 몰랐잖아!"

"그게 그거야! 에취!"

룸피룸피가 재채기를 계속했다.

"이렇게 멀리 떨어져 있는데?"

룸피룸피가 잘난 체하는 말투로 주장했다.

"멀리 떨어져 있으면 재채기도 훨씬 심해져!"

잠피가 화가 나서 콧방귀를 뀌자 꼬마 용이 재채기를 했다. 꼬마 용이 화를 내며 콧방귀를 뀌면 잠피는 화가 나서 더 크게 콧방귀를 뀌었다.

둘이 계속 그 자리에서 콧방귀를 뀌고 재채기를 하고 있을 때, 파란 망토를 두르고 파란 터번을 쓴 남자 열 명이 둥글게 원을 그리며 둘을 둘러쌌다. 남자들은 지금까지 한 번도 용을 본 적이 없는 게 틀림없었다. 그들은 룸피룸피를 보자 마자, 번득이는 칼을 칼집에서 휙 빼들었다. 그러자 룸피룸피가 재채기를 멈췄다.

"이제 괜찮아?"

"그럼. 겁이 나면 재채기는 항상 사라져 버린다니까!"

잠피가 바로잡아 주었다.

"원래 깜짝 놀라면 재채기가 멈추는 게 아니라 딸꾹질이 멎는 거야!"

그러자 룸피룸피가 고집을 부렸다.

 “어쨌든 그게 그거야!”

 “아무튼 지금은 말꼬리를 잡을 때가 아닌 것 같아.”

 “여기엔 말도 없고, 난 말의 꼬리를 잡은 적도 없어. 대체 무슨 생각을 하는 거니?”

 “말하자면 그렇다는 거지. 지금은 그런 걸 따지기보다는 빨리 달아날 방법을 찾아야 할 때야. 이 남자들은 우리를 별로 좋아하지 않는 것 같아. 넌 용이야, 그걸 잊으면 안 돼!”

 “어쨌든 그게 그거야!”

룸피룸피가 한숨을 쉬었다.

그사이 투아레그 족들이 한 발 앞으로 나왔다. 칼이 위험할 정도로 가까이에서 번득였다.

잠피가 재빨리 꼬마 용의 등에 올라타며 물었다.

 “날아가 버리는 게 가장 간단하고 좋은 방법

같지 않아?"

잠시 후 둘은 공중으로 날아올랐다. 룸피룸피가 중얼거렸다.

"미안해, 대장. 난 가끔 내가 날 수 있다는 걸 잊는다니까!"

"그리고 용이라는 것도 잊지! 넌 겁쟁이야. 고작 칼 열 자루로 너처럼 무시무시한 동물에게 무슨 짓을, 어떻게 할 수 있겠어?"

"내 몸을 찌르지 않을까?"

"아니야, 룸피룸피. 넌 온몸이 비늘에 뒤덮여 있고 불을 내뿜잖아!"

"아, 그래? 혹시 내 다른 특징은 잊은 거 아냐?"

"예를 들면?"

룸피룸피가 따지는 듯한 말투로 화를 냈다.

"예를 들면 내 배에는 비늘이 없어서 물렁하다는 거지. 그건 모든 용의 약점이야. 그리고 차가운 불! 이건 내가 아는 어떤 아이가 유일하게 갖고 있는 개인용 용에게만 있는 아주아주 커다란 약점이고!"

잠피는 다른 이야기를 나누는 게 좋겠다고 생각했다. 아래쪽에 알록달록한 사막 도시의 광장이 보이자 서둘러 말했다.

"내려갈 준비를 해, 룸피룸피. 저 아래 광장에 멋진 시장이 있어. 알지? 운이 조금만 좋으면 내가 찾는 양탄자를 구할 수 있을 거야!"

 "대장님 명령이시라면!"

룸피룸피는 크게 한 바퀴를 돌아 방향을 바꾼 뒤 잠피가 가리킨 광장 쪽으로 내려가기 시작했다.

광장 시장은 늘 그렇듯이 북새통을 이루고 있었다.

잠피는 상상 친구가 사람들에게 강한 인상을 남기게 될 것이라고 생각하자 기분이 좋아서 외쳤다.

 "이 사람들은 하늘에서 용이 내려오는 모습을 처음 볼걸!"

그렇지만 잠피가 기대한 반응과는 정반대였다. 상인이든 손님이든, 모두가 걸음아 날 살려라 하고 달아나 버린 것이다. 이제 누구에게서 양탄자를 사야 할까?

오직 한 노인만이 잠피네 거실에 있는 것과 똑같은 양탄자에 책상다리를 하고 침착하게 앉아 있었다. 노인 주위에는 석유램프와 항아리 들이 놓여 있었다.

잠피가 노인에게 다가갔다. 그러고서야 왜 이 노인만

용이 내려오는 것을 보고도 달아나지 않았는지 알게 되었다. 노인은 앞을 보지 못하는 사람이었다.

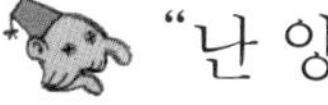 "할아버지, 전 양탄자를 사고 싶어요."

"난 양탄자는 안 판다. 램프와 항아리를 팔지."

룸피룸피가 잼피의 귀에 대고 소곤댔다.

"봤어, 대장? 저건 알라딘의 요술 램프 같아!"

정말 여러 개의 램프들 중에 반짝반짝 빛나는 둥근 램프가 하나 있었다. 주둥이는 부드럽게 구부러지고 손잡이는 예쁘게 조각되어 있는데, 잼피가 〈알라딘의 요술 램프〉라는 동화책에서 수없이 감탄하며 봤던 바로 그 램프 같았다.

잠피가 분명하게 말했다.

"우린 램프를 사러 여기 온 게 아니야. 나는 엄마 아빠에게 드릴 양탄자를 사야 해. 알잖아!"

룸피룸피가 초록색 콧김을 내뿜기 시작했다. 용의 말과 행동에 대해 잘 아는 전문가들이 알고 있듯이, 이것은 아주 슬프다는 신호다.

"왜 그래?"

"난 램프를 갖고 싶어. 정말 맘에 들어! 부탁이야. 제발, 알라딘의 요술 램프를 사자!"

잠피는 변덕스러운 상상 친구를 꿈꾼 기억이 없었다. 그런데 룸피룸피는 잠피가 금세 새 장난감을 갖고 싶어 할 때처럼 변덕을 부리는 중이었다.

"변덕쟁이 용아, 난 널 좋아해. 돈이 남으면 램프를 사 줄게. 그러니 먼저 양탄자를 사게 좀 가만있어 봐!"

눈은 멀었지만 귀는 잘 들리는 노인이 다시 말했다.

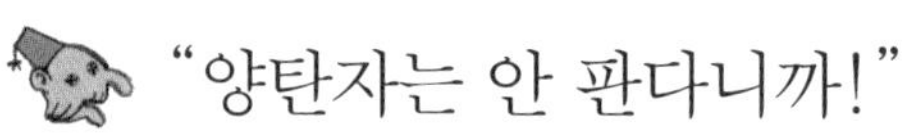

"양탄자는 안 판다니까!"

"지금 할아버지가 앉아 계신 그 양탄자는요?"

"이건 파는 게 아니라 내 거다!"

"제발 부탁드릴게요……."

잠피가 말을 꺼내려는데 룸피룸피가 급히 말했다.

"대장, 다른 문제가 생긴 것 같아. 무기를 든 수비대가 오고 있어!"

유감스럽게도 도망친 사람들 중 누군가 하늘에서 무시무시한 괴물이 마을 광장으로 내려왔다고 촌장에게 알린 게 틀림없었다. 그래서 촌장이 괴물을 잡아 오라고 수비대를 보낸 것이다. 최악의 경우 괴물을 죽이라고 했을 수도 있다. 상인들은 대부분 수비대라면 벌벌 떤다. '수비대'라는 말을 듣자, 노인 역시 양탄자와 물건들을 그 자리에 그대로 두고 도망쳤다.

험상궂은 수비대원들이 쉰 목소리로 고함을 쳐 댔다. 그들은 창과 칼과 활과 쇠몽둥이를 들고 있었다.

그 모습을 본 룸피룸피는 몸을 떨고, 꼬리로 바닥을

탁탁 치기 시작했다. 겁이 나면 우리가 이를 딱딱 부딪치듯이 용은 꼬리를 부딪친다. 그러다가 석유가 잔뜩 든 램프를 꼬리로 치는 바람에 석유가 양탄자에 쏟아졌다.

잠피가 소리를 질렀다.

"룸피룸피, 너 무슨 짓이야? 양탄자를 다 망쳐 놨어!"

룸피룸피가 진한 초록색 도넛 모양 콧김을 내뿜으면서 우물거렸다.

"그건 사고였어!"

"아니야, 이건 네 책임이야! 꼬리를 움직일 때는 조심해야 한다고 수천 번도 더 말했잖아!"

"지금은 말꼬리를 잡을 때가 아닌 것 같아! 빨리 해결책을 찾아야 할 때야. 이 남자들은 우리를 별로 좋아하지 않는 것 같아!"

수비대가 점점 더 위협적으로 다가왔다. 잠피가

룸피룸피의 등에 올라타면서 말했다.

"날아가, 룸피룸피! 정말 용감한 용처럼 싸울 게 아니면 날아오르는 게 가장 간단한 방법이야! 아직도 무슨 말인지 모르는 건 아니지?"

"어떻게 모르겠어, 벌써 알아들었다고!"

"그럼 당장 날아올라!"

"그것도 불가능해, 대장!"

"왜?"

수비대가 벌써 화살을 쏘기 시작했기 때문에 잠피가 겁에 질려 화살을 피하면서 외쳤다.

"내 날개가 석유에 흠뻑 젖어 버렸어. 축축한 날개로는 조금도 날 수가 없어."

그래서 잠피가 명령했다.

"불을 뿜어, 당장!"

"그렇지만 내 불은 차갑잖아!"

"저 사람들은 아무것도 몰라! 불을 뿜어. 틀림없이 놀라서 뒤로 물러설 거야. 그럼 우리가 다른 방법을 찾을 때까지 시간을 좀 벌 수 있어!"

그 말에 룸피룸피는 당장 시뻘건 불길을 길게 내뿜기 시작했다.

잠피가 예상한 대로 수비대원들이 재빨리 뒤로 물러섰다. 그중 몇 명은 놀라서 창이나 칼을 떨어뜨리기도 했다. 활과 화살을 든 수비대원들이 활쏘기를 멈췄다. 하지만 곧 누군가 룸피룸피의 불길이 닿은 벽을 가리키며 외쳤다.

"닭이 하나도 안 구워졌다!"

룸피룸피가 물었다.

"벌써 점심때인데 그럼 저 사람들은 먹을 게 없는 거야?"

잠피가 우울하게 고개를 저었다. 그리고 벽을 가리키며 말했다.

"내 생각에는 먹는 닭을 말하는 게 아닌 것 같아!"

벽 앞에는 골풀로 만든 닭장 여러 개가 놓여 있었다. 닭장 안에는 이 광장 시장에서 파는 싸움닭들이 있었다. 닭싸움을 시키기 위해 기르는 닭들이었다.

룸피룸피가 물었다.

"닭구이라고 했잖아? 그럼 무슨 뜻이지?"

그 사이 수비대원들은 조금도 두려워하지 않으며 다시 다가왔다.

"저 사람들도 네 불이 차가워서 아무도 해치지 않을 거라는 걸 알았나 봐!"

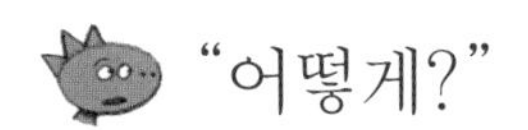

"어떻게?"

"저 닭들이 네 불길에 한 마리도 구워지지 않은 걸 보고 안 거지"

"감기도 안 걸렸어?"

"룸피룸피, 우리가 털끝 하나라도 다치지 않으려면 지금은 저 닭들을 걱정할 때가 아닌 거 같아!"

"닭들은 깃털이 있지만 넌 없어. 나도 깃털은 없어. 온몸이 비늘이니까!"

"룸피룸피, 지금은 말꼬리를 잡을 때가 아니라니까!"

다시 화살이 날아오기 시작하자, 잠피는

초조해졌다. 화살을 막으려고 항아리며 램프, 눈먼 노인이 팔던 물건들을 손에 잡히는 대로 집어 던지기 시작했다.

그렇지만 알라딘의 램프와 비슷해 보이는 램프를 집었을 때 룸피룸피가 소리쳤다.

"안 돼! 그건 내 거야, 던지면 안 돼!"

그러더니 앞발로 램프를 가져가려 했다. 룸피룸피와 잠피가 램프를 잡아당겼다가 놓았다가, 놓았다가 잡아당겼다가……. 그러는 사이에 손이 램프에 여러 번 부딪히자, 램프에서 보라색 연기 구름이 솟아 나왔다. 구름은 금방 거대한 요정으로 변했다.

"명령하십시오, 주인님. 주인님의 소원이 바로 명령입니다!"

램프의 요정이 힘찬 목소리로 말했다. 그러고는 존경의 표시로 잠피에게 고개를 숙였다. 어쨌든 지금 요술 램프를 들고 있는 건 잠피이기 때문이다.

잠피가 룸피룸피의 꼬리를 잡아 양탄자 위로 끌어당겼다. 그리고 요정에게 명령했다.

"양탄자는 하늘을 나는 양탄자로, 우리는 눈 깜짝할 사이에 집으로!"

룸피룸피가 킬킬거렸다. 용은 운율에 맞추어 시처럼 말하기를 좋아하는데, 잠피의 명령은 운율이 엉망이었기 때문이다.

그사이 양탄자가 땅에서 떠올랐다. 양탄자에 앉은 용과 소년이 하늘로 날아올라 순식간에 사라져 버리자, 수비대원들은 그 광경을 넋을 잃고 쳐다보았다.

조금 뒤 잠피와 룸피룸피는 자신들이 집으로 돌아왔다는 사실을 깨달았다. 조금 놀라기는 했지만 안전하고 무사했다. 둘은 기름 얼룩이 진 양탄자에 앉아 있었다. 잠피가 풀린 운동화 끈에 발이 걸려 넘어지는 바람에 기름병을 쏟은 바로 그 양탄자였다. 아니, 룸피룸피가 꼬리로 램프를 쓰러뜨려 석유를 쏟은 '하늘을 나는 양탄자'일까?

정확히 말하기가 어려웠다.

고민에 빠져 있던 잠피는 엄마 목소리를 듣고 다시 정신을 차렸다.

"여기서 뭐 하는 거야? 자기 전에 동화 안 읽어 줄 테니 그냥 자라고 했을 텐데!"

잠피가 대답했다.

"동화는 안 읽어 주셔도 자기 전에 인사를 하고 싶었어요. 룸피룸피가

양탄자를 망쳐서 정말 죄송하다는 말씀도 드리고 싶었고요."

 "룸피룸피가 누군데?"

 "저만의 용이에요. 오늘은 정말 저를 찾아왔어요. 그리고 이름을 지어 달라고 했어요. 그래서 룸피룸피라고 부르기로 했는데 마음에 드세요?"

엄마가 잠피를 품에 안으며 말했다.

 "정말 예쁜 이름이구나! 자, 엄마가 침대에 데려다 줄게!"

그러고는 잠피에게 입을 맞추고 목덜미를 두어 번 긁어 주면서 귀에 대고 속삭였다.

 "사랑한다, 말썽쟁이 꼬마! 이번 한 번만 용서하고

짧은 동화책 읽어 줄게. 어떤 게 좋을까?"

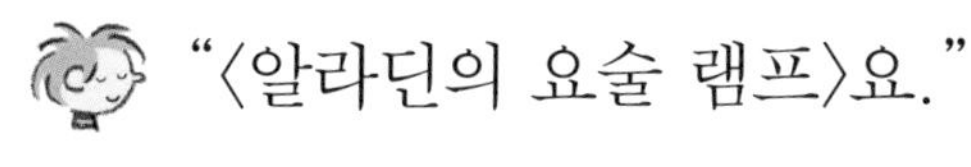
"〈알라딘의 요술 램프〉요."

잠피가 한숨을 쉬며 말을 이었다.

"아쉽게도 진짜 요술 램프를 모로코에 두고 왔어요. 하늘로 날아오를 때, 저하고 룸피룸피 둘 다 램프를 가지고 와야 한다는 걸 잊어버렸어요. 그래서 램프의 요정도 잃어버렸고요!"

"요정이 어떻게 생겼는데?"

"진짜 컸어요!"

"그럼 그냥 놔두고 오길 잘했는지도 몰라. 그렇게 큰 요정이면 여기 우리 집에서 룸피룸피와 함께 지낼 수 없잖아!"

엄마가 잠피를 침대에 눕힌 뒤 이불을 덮어 주고, 다시 목덜미를 몇 번 긁어 준 뒤 책을 읽기 시작했다.

"옛날 옛적에 동방의 어느 오래된 왕국에 불쌍한 과부 무스타파가 살고 있었어요. 재봉사의

아내였던 무스타파에게는 알라딘이라는 아들이
하나 있었어요. 알라딘은 아버지처럼 재봉사가
되고 싶은 생각은 눈곱만큼도 없었어요. 알라딘은
하루 종일 친구들과 어울려 여기저기 놀러
다녔어요…….”

옮긴이의 말

부모님께 꾸중을 들었을 때, 형제나 친구들과 다투었을 때, 늘 내 편이 되어 위로해 주는 마음이 맞는 친구가 있으면 좋겠다는 생각을 모두들 한 번쯤은 해 보았을 겁니다. 이 책의 주인공인 파란 용 룸피룸피는 바로 그런 마음으로 잠피가 상상해 온 친구입니다.

잠피가 올리브기름을 양탄자에 쏟아 엄마에게 야단을 맞고 풀 죽어 있던 날, 차가운 불을 뿜는 파란 꼬마 용이 잠피 앞에 나타납니다. 잠피가 어느 때보다 간절하게 자기만의 상상 친구를 원했기 때문이지요. 잠피는 꼬마 용에게 '룸피룸피'라는 이름을 붙여 주고, 둘은 금세 친구가 됩니다. 그리고 두 친구는 동화 속 세계로 빠져듭니다. 새 양탄자를 찾아 떠난 사막에서 알라딘의 요술 램프를 발견한 것이지요. 그곳에서 둘은 상상도 못 했던 사건에 말려들어 아슬아슬하고 또 흥미로운 모험을 합니다.

그런데 동화 세계에서는 잠피가 아닌 룸피룸피가 말썽을 일으키고 변덕을 부리기도 합니다. 현실에서 잠피가 그랬던 것처럼 말입니다. 룸피룸피는 용감하고 씩씩한 용이 아니라 겁 많고 실수도 많이 하는 어린 용이었던 겁니다. 그러나 잠피는 친구에게 실망하지 않고, 용기와 재치를 발휘해 둘이 함께 다시 현실 세계로 돌아옵니다. 누구나 실수할 수 있다고 서로를 다독여 주고, 말썽쟁이라도 너를 좋아한다고 이야기해 주고……. 그러는 사이 두 친구의 우정은 더 깊어집니다.

변덕스럽고, 실수투성이에 엉뚱하기는 하지만 사랑스러운 용 룸피룸피는 이제 개인용 컴퓨터처럼 잠피의 곁에서 모든 것을 함께하는 둘도 없는 친구가 되었답니다. 두 친구의 모험을 통해서 흥미진진한 동화 세계뿐만 아니라 따뜻한 우정을 느껴 보세요.

이현경

꼬마 용 룸피룸피

기분에 따라 달라지는 색색 콧김에

차가운 불을 내뿜는 작고 파란 꼬마 용

룸피룸피 책갈피를 모아 보세요!

눈금을 따라 오리세요.